Roque Schneider, SJ

PENSAMENTOS E ORAÇÕES 2

Edições Loyola

Diagramação
Telma dos Santos Custódio

Edições Loyola
Rua 1822 nº 347 – Ipiranga
04216-000 São Paulo, SP
Caixa Postal 42.335
04218-970 São Paulo, SP
✆ (0**11) 6914-1922
🖂 (0**11) 6163-4275
Home page e vendas: www.loyola.com.br
Editorial: loyola@loyola.com.br
Vendas: vendas@loyola.com.br

Todos os direitos reservados. Nenhuma parte desta obra pode ser reproduzida ou transmitida por qualquer forma e/ou quaisquer meios (eletrônico ou mecânico, incluindo fotocópia e gravação) ou arquivada em qualquer sistema ou banco de dados sem permissão escrita da Editora.

ISBN: 85-15-**02145**-5

2ª edição: abril de 2002

© EDIÇÕES LOYOLA, São Paulo, Brasil, 2000

SUMÁRIO

Apresentação	5
Pensamentos 1	7
Tempo a gente faz	8
Pensamentos 2	10
O recado das flores	11
Pensamentos 3	13
A civilização do amor	14
Pensamentos 4	16
Retorno às fontes	17
Pensamentos 5	19
Mergulho redentor	20
Pensamentos 6	22
Ato de fé	23
Pensamentos 7	25
O dom da paz	26
Pensamentos 8	28
Problema e solução	29
Pensamentos 9	31
Pés no chão, olhos no céu	32
Pensamentos 11	34
O processo do amadurecer	35
Pensamentos 12	37
Trabalho e oração	38
Pensamentos 13	40
Viver é esperar	41
Pensamentos 15	43
Ter e ser	44
Pensamentos 16	46
O Espírito Santo e eu	47
Pensamentos 17	49
O sonho da liberdade	50

Pensamentos 18	52
Os que vencem na vida	53
Pensamento 19	55
Minha resposta de amor	56
Pensamentos 20	58
Pedras e catedrais	59
Pensamentos 21	61
Que rei seguimos?	62
Pensamentos 22	64
Auxiliares de Cristo	65
Pensamentos 23	67
Ser jovem	68
Pensamentos 24	70
Senhor, que eu veja	71
Pensamentos 25	73
Obrigado, Senhor	74
Pensamentos 26	76
Senhor, eu preciso	77
Pensamentos 27	79
Confiança filial	80
Pensamentos 28	82
Quando anoitece	83
Pensamentos 29	85
Prece de gratidão	86

Apresentação

Há ocasiões, na sucessão dos momentos do cotidiano, em que a própria vida se faz canção. Indescritíveis horas de graça em que o infinito se debruça sobre a frágil argila humana.

Um silêncio, uma palavra. A poesia do sol nascente ou a nostalgia do entardecer. Um pensamento oportuno. Um salmo litúrgico. Uma prece.

Uma carta que nos chega, um telefonema que recebemos. As asas de uma borboleta, o sorriso de uma criança, a serenidade de um adulto, a paciência de um ancião curvado pela idade.

A frase de um livro, a mensagem de um cartaz, as notas suaves de uma canção-ternura ferindo nossa sensibilidade, acordando felizes vivências de outrora.

A linguagem das flores, o canto dos pássaros, o verde-azul do oceano, a chuva suave tamborilando poemas na vidraça das janelas. Coisas pequenas que trazem mensagens tão grandes! Acontecimentos miúdos que falam tão alto, tocam tão fundo! Coisas de quase nada que sintetizam o mistério de quase tudo.

Indescritíveis-singelos-momentos colocando dentro de nós um pouco de céu, de verde, de azul. O verde da esperança. O azul do entusiasmo. Uma nesga de eternidade.

Há momentos, na vida, em que a própria vida se faz poema, canção. Mas é preciso estar atento, sem pressa. Porque o essencial não tem horário certo, agenda programada.

Para captar o mistério, o fluxo e refluxo do cotidiano, é preciso estar atento, disponível, naquela expectativa de quem aguarda a mais querida das visitas.

No misterioso reino do amor,
nada é pequeno, insignificante,
nem mesmo uma flor.
Mas, para entender seu recado,
é preciso ser humilde, despojado,
bebendo as mensagens sem pressa, com muito vagar.
Em clima de silêncio, vulnerabilidade, emoção.
De joelhos, como quem reza, emocionado,
junto ao sacrário, diante do altar.

PENSAMENTOS 1

A bondade nas palavras cria a confiança, a bondade nos pensamentos cria a plenitude, a bondade nas doações cria o amor. **Lao-tsé**

O pensamento é a presença do infinito na mente humana. **Emílio Castelat**

Acharei um caminho ou abrirei um para mim. **Aníbal**

Um bom exemplo é o melhor sermão. **Benjamin Franklin**

Quando trabalho um dia inteiro, um lindo entardecer vem a meu encontro. **Goethe**

A experiência é a soma de nossos desenganos. **Auguez**

Quem pensa pouco erra muito. **Leonardo da Vinci**

Enquanto se vive, é necessário aprender a viver. **L. A. Sêneca**

Tudo chega com o tempo para quem sabe esperar. **Rabelais**

O hoje vale por dois amanhãs. **Francis Quarlis**

A vida sem reflexão não merece ser vivida. **Sócrates**

Nunca tenhamos pressa ao trabalhar para Deus. Estamos a seu dispor. Fazemos sua obra, não a nossa. **P. Mortier**

Estar disponível: tudo se resume nisto. **Shakespeare**

Não sabem o que perdem aqueles que nunca escutam o silêncio. **Maurice Zundel**

Não enfastia,
   não aborrece nem cansa
   o trabalho que realizamos
   com fé, alegria,
   amor e perseverança. **Roque S.**

Tempo a gente faz

Cansamos de ouvir esta frase: "Eu gostaria de rezar mais, de fazer trabalhos comunitários, de ler e aprofundar-me na compreensão da Bíblia... mas não encontro tempo, de jeito nenhum".

No fundo, no fundo — todos sabemos —, tempo é uma questão de preferência, de disciplina, de motivação interior. Quando queremos alguma coisa, de verdade, encontramos tempo, o espaço necessário.

Inquieto, nervoso, agitado, inseguro, apressado, este é o homem moderno. Correndo contra o relógio: compras a fazer, contas a pagar. O colégio, a farmácia, o supermercado, as visitas que chegam, o telefone que toca, os compromissos sociais. E ainda a paróquia, o círculo bíblico, a reunião comunitária. Um amigo doente, lá no hospital. O aniversário da melhor amiga. Aquela eterna angústia demolidora de falta de tempo, de tarefas demasiadas, e os nervos à flor da pele...

Num século em que o tempo escasseia, algumas pessoas — de tão desacostumadas — já nem sabem mais o que fazer com as poucas migalhas de tempo que lhes restam. Desistem, já não defendem seu tempo. Encharcam-se, então, de banalidades televisivas, navegam na Internet, conversam fiado, o dia todo, madrugada adentro. Com um copo de uísque por perto. E o rádio a todo o volume... para espantar a solidão, o tédio existencial.
Quando nos falta tempo e motivação para o essencial... adeus silêncio orante, adeus reabastecimento psicológico, espiritual!
Não é à toa que os santos, poetas e artistas profundos escasseiam nos dias atuais, marcados por publicidade e agitação. Nas searas materialistas do neoliberalismo, da sociedade de consumo, a santidade e a inspiração criativa não encontram raízes para crescer e frutificar.

Preciso encontrar e defender meu tempo, Senhor,
para mergulhar, em profundidade,
nas águas benfeitoras do silêncio,
da prece, da reflexão.
No chão estéril da superficialidade,
na febre da pressa, da correria,
não cresce a virtude, a santidade,
e morrem, de asfixia,
as flores da poesia,
a paz, a fé, a serenidade,
a esperança, o dom da alegria, o sorriso, a libertação.

PENSAMENTOS 2

Deve-se pensar para acertar, calar para resistir, agir para vencer. **Renato Kehl**

Vive-se alguns dias sem comer, mas não se vive sem rezar. **Mahatma Gandhi**

A felicidade é o mais eficiente dos cremes de beleza. **Lady Blessington**

Nada fortifica tanto as almas quanto o silêncio. **Jacinto Benavente**

Ajude o próximo a ajudar-se a si mesmo. **Henry Ford**

Elevemo-nos acima dos que nos insultam, perdoando-os. **Napoleão**

O ateísmo está mais nos lábios que no coração. **Francis Bacon**

Nem todas as pessoas podem ser grandes, mas todas podem ser boas. **Confúcio**

A paciência é bela em todas as idades. **Tertuliano**

Dá-me, Senhor, uma alma que não conheça tédio, resmungos, suspiros e queixas. **Thomas Morus**

Tomam-se banhos de sol. Por que tão poucos têm a idéia de tomar banhos de silêncio? **Claudel**

Quando tudo nos abandona, abandonemos tudo a Deus. **Madalena-Sofia Barat**

Aproveite bem os momentos felizes, pois serão um espaldar macio onde você recostará sua velhice. **Booth Tarkington**

Enquanto outros se alimentam de horóscopos, mergulhe diariamente em algum trecho do Evangelho, no oceano misericordioso do Coração de Jesus. E sua vida será luminosa, plena, redentora e feliz. **Roque S.**

O recado das flores

No silêncio de um sítio, rodeado de verde, escrevo estas linhas. Longe do barulho, da trepidação da cidade. Muitas árvores a meu redor. E flores, borboletas, pássaros, insetos. Um jardineiro cortando a grama, limpando os canteiros.

O mundo lá fora prossegue em sua marcha vertiginosa e febril. Os acontecimentos se empilham céleres, sucessivos, escorrendo por nossas mãos, resvalando pelos dedos, escapando a nosso controle e a nossa reflexão ponderada.

Resvalam os fatos, ou somos nós que resvalamos por eles? Como é bom um banho de verde na alma da gente! Os olhos clareiam, os percalços se amenizam, o horizonte acena promessas e as cruzes machucam menos.

Nos sítios, nos campos, nos mares, florestas e bosques, a natureza reza e canta, convidando-nos a entrar na orquestra de louvor a Deus Pai, criador.

Muitas vezes, iludidos pelo brilho das luzes e pela tentação do progresso, preferimos as máquinas, a fumaça, o asfalto, o cimento armado das nossas selvas de pedra. Longe da paz, do silêncio, do verde redentor. E depois nos queixamos de nossas doenças, neuroses e frustrações...

Senhor,
que eu saiba captar o recado
da natureza, esse grande ato de fé pintado
de verde pela aquarela da esperança.
Em cada árvore, em cada flor,
encontro a marca digital do Criador,
a assinatura de um Deus que nos ama,
num infinito voto de confiança,
sempre atual e renovado.
No tempo, a caminho da eternidade.

PENSAMENTOS 3

O sol não espera que lhe supliquem para derramar luz e calor; imite-o. **Epicteto**

A beleza atrai, o humor diverte, o coração prende. **C. Diane**

Na plenitude da felicidade, cada dia é uma vida inteira. **J. W. Goethe**

A pessoa que nunca errou foi aquela que nunca fez coisa alguma. **M. Quoist**

Se queres ser curado, descobre tua ferida. **Boécio**

A árvore torna-se forte com o vento. **L. A. Sêneca**

Bem-feito é melhor que bem-dito. **Benjamin Franklin**

O amor é o fracasso do egoísmo. **H. G. Wells**

A amizade verdadeira sorri na alegria, consola na tristeza, alivia na dor e se eterniza em Deus. **J. A. Calvet**

Faça primeiro o que lhe parece mais difícil. **Ralph W. Emerson**

Quem não faz nada está perto de fazer o mal. **B. Franklin**

Tens o direito de chorar, mas, mesmo entre lágrimas, nunca tens o direito de renunciar à alegria. **Michel Quoist**

Felizes as almas que têm o dom de descobrir o lado luminoso de todas as coisas. **P. Faber**

Os dias prósperos não vêm por acaso; nascem de muita fadiga e de muita persistência. **Henry Ford**

É triste falhar na vida; porém, mais triste ainda é não tentar vencer. **F. D. Roosevelt**

Sinal de fé, de sabedoria,
  minha irmã, meu irmão,
  é iniciar cada dia
  sob as bênçãos de Cristo e de Maria,
  com muita esperança no coração. **Roque S.**

A civilização do amor

Existem basicamente dois tipos de sabedoria. A sabedoria do alto e a da terra. A que emana do Evangelho, das mensagens de Cristo, e a que provém das coisas efêmeras, da sociedade consumista, marcada por superficialidades: como fazer dinheiro e aplicar na poupança. Como levar vantagem em tudo. Como angariar amigos sem muito esforço. Como ser importante, ampliar o prestígio e subir na vida. Esse é o campo da sabedoria do mundo, da cidade terrena, segundo Agostinho.

Uma pergunta: quais são, em sua opinião, as pessoas mais inteligentes do universo? Os cientistas e tecnocratas, os filósofos e especialistas em computação, raios laser, informática? Os reis do petróleo, os mega-aplicadores da Bolsa? Não, definitivamente não. À luz da eternidade, os mais sábios são os santos, os mais próximos de Deus e, por isso mesmo, mais próximos dos irmãos de caminhada.

Se a humanidade vivenciasse em profundidade os Dez Mandamentos, seriam supérfluas as leis dos homens. Leis que buscam disciplinar, reger, ordenar a vida dos cidadãos.

Em 1972, Nova Iorque sofreu um monstruoso blecaute de quarenta e oito horas. A cidade foi saqueada, num vandalismo total, sem precedentes. Sob o manto da escuridão, é mais fácil roubar, demolir, depredar. Concordo com Espinosa, filósofo e escritor — o mundo é movido por dois sentimentos fundamentais: o *medo* e a *esperança*. A camada do que chamamos de *civilização* é tênue, frágil, inconsistente. Rompe-se facilmente, sob qualquer pretexto. Sem semáforos e sem multas, o trânsito enlouquece. Sem policiamento ostensivo, os medos desaparecem e tudo pode acontecer.

Séculos atrás vigorava amplamente a *pedagogia da intimidação* paterna, catequética, escolar: "Cuidado, menino, Deus está vendo você e o vai castigar"; "Atenção, garota! Deus fiscaliza e joga no inferno quem faz 'artes' como você". E a gente caprichava no comportamento, com receio da punição eterna.

Obrigado, Senhor.
A pedagogia do medo, da intimidação,
vem sendo substituída,
gradativamente,
pela civilização do amor.
E nossa qualidade de vida
ganha em beleza, tem outro sabor.
Toda experiência profunda de amizade,
de partilha fraterna, de bem-querer,
tem lampejos e ressonâncias de eternidade.

PENSAMENTOS 4

Uma casa sem livros é um corpo sem alma. **Pe. Vieira**

Só os peixes mortos são levados pela correnteza. **Hoffman**

Somos tão exigentes com os outros porque não nos conhecemos profundamente. **Tiago Alberione**

Cavalheiro é aquele que discorda dos outros sem ser desagradável. **Francisco de Sales**

Se jogarem uma pedra em seu caminho, aproveite-a para a construção de sua casa. **Lauro Trevisan**

Se você for paciente num momento de raiva, escapará de cem dias de tristeza. **Provérbio chinês**

Nossa ansiedade não elimina o amanhã de tristezas, suprime apenas as forças de hoje. **G. Kaitbolit**

A paciência é a companheira da sabedoria. **Agostinho**

Pelas faltas dos outros, a pessoa sensata corrige as suas. **Osvaldo Cruz**

A fé é um pássaro que canta na escuridão da noite. **R. Tagore**

Só a verdade é consoladora e fortificante, mesmo se desperta uma crise. **João Paulo II**

A vida é uma constante batalha, na qual devemos mostrar nosso valor. **Plauto**

O líder dura tanto mais quanto menos comanda. **Gustavo Capanema**

No reino das trevas, o idioma falado é a queixa e o lamento. No reino da luz, o idioma falado é o louvor e o júbilo. **Jairo Gonçalves**

Não me preocupam aqueles que não vêem a solução. Os que me preocupam, realmente, são aqueles que não vêem o problema. **Chesterton**

Perante o obstáculo e o desafio, permaneça tranqüilo. Diante de alguma situação difícil, mais exigente, não perca a serenidade. Deus é tudo, mas pede nossa confiança filial e nossa colaboração. Reze com Paulo apóstolo em todos os momentos da vida: "Tudo posso naquele que me fortalece". **Roque S.**

Retorno às fontes

Coloquei-me a caminho, Senhor,
na romaria das recordações,
perscrutando os trajetos já palmilhados
nos milhares de passos andados
em dias de vento, de chuva e de calor.
Senhor, nos retalhos de meu viver diário
tenho tanto a pedir, e tanto, tanto a agradecer.
Voltei aos tempos de outrora
e uma grande certeza iluminou todo o meu ser:
És o mesmo, Senhor.
Não ficaste diferente, comigo,
ao longo dos anos de Calvário ou de Tabor.
Tive altos e baixos, avanços e recuos na caminhada.

Conflitos internos, horas de bonança e tempestade,
momentos de graça e de vacilação.
Às vezes parecias tão longe e distante...
Meus braços se alongavam em tua direção,
e eu me sentia desamparado,
gesticulando num grande vazio existencial.
Minha voz te buscava e eu só sentia o silêncio glacial.
Era noite, uma noite imensa dentro de mim.
Mas hoje constato, Deus seja louvado,
a mais consoladora verdade:
jamais saíste de minha proximidade,
revelando presença, ternura, compreensão.
E eu rezo, agradecendo, feliz, emocionado,
embebendo meu olhar
nos teus olhos, Senhor,
naquela paz e confiança filial
de quem oferta presente e passado,
no templo e altar
da fé, da esperança, do amor.

PENSAMENTOS 5

O silêncio é a cerca construída ao redor da sabedoria. **Talmude**
Quem perde a fé nada mais tem a perder. **Públio Siro**
Ninguém ignora tudo, ninguém sabe tudo. Por isso aprendemos sempre. **Paulo Freire**
Vencer a si próprio é a maior das vitórias. **Platão**
Grandes discursos não provam grande saber. **Provérbio popular**
Inferno é ter perdido a esperança. **Cronin**
A riqueza é boa, mas a felicidade é melhor. **Camilo C. Branco**
A vingança é a pedra que se volta contra quem a atirou. **Zorilla**
A amizade é o amor ao qual faltam as asas. **Byron**
Falar é bom, calar é melhor. **La Fontaine**
Quando um homem é bom amigo, também tem amigos bons. **Maquiavel**
Meu segredo? Muito simples: só se vê bem com o coração. O essencial é invisível aos olhos. **Saint-Exupéry**

É uma certeza e uma constatação:
caminha com paz e serenidade
pelas estradas do dia-a-dia
quem se acolhe e refugia
na misericórdia do coração
de Jesus e de Maria. **Roque S.**

Mergulho redentor

Quem perdeu o silêncio, na própria vida, empobreceu em sua estrutura mais íntima.

O recolhimento interno nos ensina o quanto de supérfluo carregamos em nossas bagagens...

É preciso silenciar para auscultar outros corações.

Só um coração musical sabe captar a palpitação da natureza, da vida, dos homens, dos silêncios, dos mistérios e de Deus.

É no silêncio que as vozes leves ecoam, os passos ágeis se ouvem e os fundos apelos ressoam. O ruído espanta encontros profundos.

Para ganhar alturas redentoras, nada melhor que as asas do silêncio.

O silêncio que salva vem sempre dentro de outro silêncio.

Dois silêncios dialogando, que força humano-divina, meu Deus!

O silêncio é encontro. E os encontros, de alma para alma, dispensam palavras. Falam os olhos, os gestos, as vibrações internas. Perante a dor, o silêncio é sempre a melhor atitude.

É no silêncio que as luzes crescem, os sofrimentos se apagam e o mistério da vida e da morte falam mais alto.

É no silêncio que a felicidade nos visita, sorrindo de corpo inteiro. Uns cultivam flores, animais de estimação. Prefiro cultivar a flor cada vez mais rara do silêncio, que tanto me ajuda a perfumar os caminhos do cotidiano.

Senhor,
neste século apressado, superficial,
em que a matéria abafa a dimensão espiritual,
só nos resta um caminho de salvação:
o retorno ao silêncio, à prece, à meditação,
onde cresce a flor da maturidade.

Se eu não souber acolher meu irmão carente,
ferido, inseguro, debilitado,
talvez ele perca, definitivamente,
o endereço da paz, da alegria de viver,
suas raízes, a felicidade.

PENSAMENTOS 6

As mães, vivendo dentro de casa, conhecem muito melhor o mundo. **Mário Sette**

Só quem ama dialoga. **Walfredo Tepe**

A necessidade é a mãe das invenções. **Provérbio latino**

Preconceito é uma doença do cérebro. **Máxima rabínica**

Arrancai a esperança do coração humano e fareis dele um animal de rapina. **Ouida**

O mundo pertence aos otimistas. Os pessimistas são meros espectadores. **Einsenhower**

Há pessoas que são como velas: consomem-se, iluminando os outros. **Pe. Antônio Vieira**

O perfume é o pensamento das flores. **Berquier**

Senhor, amparai-me em todos os lugares inclinados. **M. S.**

A pessoa desconfiada nunca é feliz. **J. Wana Maker**

A oração do cristão nunca é um monólogo. **José Maria Escrivá**

Deus não nos pede para vencer, mas para trabalhar. **João Crisóstomo**

A esperança não é um sonho, mas uma maneira de traduzir os sonhos em realidade. **Cardeal Suenens**

É indispensável saber vencer a tentação da chamada sociedade de consumo; da ambição de ter sempre mais, enquanto outros têm sempre menos. **João Paulo II**

No seio de Maria crescia Jesus como força e esperança de libertação. **Cardeal Mesters**

O maior perigo diante de tanta violência no mundo atual é que nos façamos insensíveis. **D. Oscar Romero**

Sorria, cante, agradeça. Mesmo frágil, pecador e limitado, você é redimido e vale o preço do sangue de um Deus. Por que nos odiar se temos tão pouco tempo para nos amar? **Roque S.**

Ato de fé

Bem cedo, nos joelhos maternos, nas aulas de catecismo, aprendemos a rezar. Mesmo sem entender a teologia das palavras, balbuciávamos o *Creio em Deus pai, todo-poderoso, criador do céu e da terra...*

Se o Evangelho nos abre janelas para o infinito, o cotidiano nos faz recitar um *Ato de Fé* que brota do chão da realidade. Como este, por exemplo:

Creio em mim mesmo, com humildade e convicção. A auto-estima não é luxo, infantilismo, presunção, mas necessidade psicológica fundamental. A caridade começa em domicílio. Quem não se valoriza jamais acreditará nos outros.

Creio em meus superiores e chefes, nos que trabalham comigo, a meu lado, na comunidade, no escritório, na fábrica, em minha casa. O espírito de equipe e de coleguismo torna as tarefas mais leves e produtivas, na alegria da partilha fraternal.

Inquestionavelmente, até as divergências, as opiniões divergentes podem somar, quando administradas com equilíbrio. Nem Jesus Cristo conseguiu agradar a todo mundo.

Cada vez acredito mais que as vitórias reclamam esforço, suor da fronte, persistência, ombros solidários. Ninguém nasce pronto, acabado. A maturidade é um processo árduo e longo, do berço à sepultura. Desafio para valentes e heróis.

Creio na eficácia silenciosa dos ofertórios de vida interna, rezados diariamente no altar da generosidade, da doação.

Creio em minha família, que não é a mais santa, rica e perfeita do universo, mas é meu núcleo familiar, Igreja doméstica que Deus me destinou como primeiro degrau na escada do crescimento humano e espiritual.

Creio na força imbatível das mãos em prece, dos joelhos em terra, sob o manto azul de Maria Santíssima, Rainha dos Apóstolos, Estrela da Nova Evangelização.

Quem salvará o mundo? Aqueles que ainda acreditam, trabalham e lutam sem depor a esperança.

Senhor, luz de nossos caminhos,
um pouco de bom humor,
um sorriso, a jovialidade
e algumas gotas de amor
nos rejuvenescem, facilmente,
ensolarando nossa casa.
O milagre é rotineiro, habitual;
para descobri-lo ou dar-lhe asas,
basta um pouco de coração e sensibilidade,
motivação profunda, um grande ideal.
Só o amor constrói para a eternidade.

PENSAMENTOS 7

Deus não se explica, sente-se. **Azéglio**
A maior prova de valor consiste em suportar uma derrota sem desanimar. **Robe G. Ingersoll**
Comecei a viver estudando, e acabei estudando para viver. **F. Bacon**
Os tolos se precipitam onde os anjos não ousam colocar os pés. **K. Popper**
Tudo chega para quem sabe esperar. **Longfelow**
O supérfluo dos ricos é o necessário dos pobres. **Agostinho**
O gênio é apenas uma longa paciência. **Buffon**
O remorso é a dor da alma. **Madame de Staël**
Três coisas conduzem a Deus: a música, o amor e a filosofia. **Plotino**
Nada é tão contagiante quanto o entusiasmo. **Grantland Rice**
O amor não cansa nem se cansa. **João da Cruz**
A alegria é a pedra filosofal que tudo converte em ouro. **Benjamin Franklin**
Nada faz tanto bem quanto fazer o bem. **Legouvé**
Em todo o homem bom, Deus habita. **Sêneca**
A solidão é a mãe da sabedoria. **L. Stern**
A fé constrói uma ponte deste mundo ao outro. **Ioung**
Deus fala quando a gente cala. E nos visita quando abrimos espaços, deixando-o entrar. É nas horas de silêncio, de recolhimento interior, que recebemos as melhores dádivas, com ressonâncias de eternidade. **Roque S.**

O dom da paz

O velho Aristides é uma das reminiscências mais longínquas de minha infância. Lembro-me dele como se fosse hoje.

Encurvado pela idade, de passos trôpegos e voz arrastada, luminoso em sua experiência sofrida, seu Aristides, octogenário, repartia o mais sábio dos conselhos que já escutei: "Gente, a coisa mais linda do mundo é ter paz no coração e viver em paz com aqueles que nos rodeiam".

Paz no coração... quem não a deseja? Viver em paz com os familiares, amigos, colegas de trabalho, de lazer e de comunidade, quem não sonha com esse presente-convívio-tesouro?

Somos o que são nossos pensamentos, valemos o que valem nossas ações. As velas se autoconsomem, servindo, iluminando. A fé, concretizada em obras, posta a serviço: tarefa sagrada, nossa missão essencial.

Sirva aos outros, servindo a si mesmo. Servir é crescer, frutificar. Celebre a vida com jovialidade, com um sorriso nos olhos e muita paz

no coração, numa constante liturgia de ação de graças. O Senhor faz em nós maravilhas, santo é seu nome.
Você que ama, sonha, espera, acredita, luta, reformula e persiste: não desista, não esmoreça. Para quem crê, tudo tem resposta, significado.
Só vence na vida, Senhor,
quem sabe recomeçar com alegria.
Cada manhã, cada tarde, cada dia,
na fé, na coragem, no destemor.
E do fundo dos séculos, Senhor,
dos longes da Palestina,
teu recado nos chega, com força divina,
cálido, eterno, paternal:
"A paz vos deixo. A paz vos dou.
Quem me segue não anda em trevas.
Eu sou a luz, a vida, o caminho, a ressurreição".

PENSAMENTOS 8

O amor não tem idade, está sempre nascendo. **Pascal**

Viver sem amigos não é viver. **Cícero**

As grandes almas sofrem em silêncio. **Schiller**

Uma carta é a continuação de uma presença. **Elisabeth Bibesco**

Quem caminha descalço não deve semear espinhos. **G. Herbert**

Confiar desconfiando é uma regra muito salutar da prudência humana. **Marquês de Maricá**

As aves cantam mesmo quando o ramo se parte, pois sabem que têm asas. **Salvador Díaz Mirón**

Precisamos partilhar, dividir. Mesmo que sejam informações que todos já saibam. **Paulo Coelho**

As coisas mal começadas sempre são mal concluídas. **Shakespeare**

Com caridade, o pobre é rico; sem caridade, qualquer rico é pobre. **Agostinho**

Aquele a quem Deus aflige tem Deus consigo. **Walter S. Lando**

A fé é a força da vida. Se o homem vive é porque acredita em alguma coisa. **Leon Tolstoi**

Antes perder a vida que a esperança. **Quintiliano**

Ser hoje melhor de que ontem; e amanhã melhor do que hoje. Eis o grande objetivo da vida. **Constâncio Vigil**

Antes de partires em busca de teus direitos, deves examinar até onde cumpriste teus deveres. **Andreotti**

Meu filho, quando cresceres, cumpre sempre teus deveres, com justiça e retidão. Depois da missão cumprida, andarás de fronte erguida, com prazer no coração. **Dinamor**

A melhor maneira de conservar a felicidade é reparti-la, no ofertório da fraternidade, na liturgia sagrada da existência, centelha divina na terra dos homens. **Roque S.**

Problema e solução

> A GRANDE ARTE DA VIDA É FAZER DA PRÓPRIA VIDA
> UMA OBRA DE ARTE.

Mesmo sem nenhum livro escrito, publicado,
você é o escritor de sua existência.
Mesmo não sendo Michelangelo ou Beethoven,
você pode fazer de sua vida uma obra-prima, uma sinfonia imortal.
Mesmo que você jamais tenha alinhado um verso, um soneto,
sua vida pode tornar-se um poema com ressonâncias de eternidade.
Mesmo sem curso superior ou grande cultura intelectual,
você pode cultivar a sabedoria da caridade, da partilha generosa.
Mesmo executando tarefas humildes, trabalhos anônimos,
você pode converter seu dia-a-dia em ofertório, oração.

Mesmo que as rugas da idade já marquem seu rosto, sua fronte, mais vale sua beleza interior, que Deus conhece.
Mesmo arqueado ao peso da cruz, dos obstáculos e sofrimentos, seu rosto pode sorrir e cantar, num hino à vida.
Mesmo que lágrimas amargas rolem de seu rosto, você tem um coração para amar.
Mesmo que você não seja santo, nem anjo de perfeição, no céu há um lugar reservado para você, com certeza.

Sorria, cante e agradeça, minha irmã, meu irmão, mesmo que a vida, às vezes, lhe diga "não".
Você não faz parte dos problemas, você é a solução.

PENSAMENTOS 9

O pão mais saboroso, a comida mais gratificante é a que se ganha com o próprio suor. **Césare Cantu**

Tem muito tempo aquele que não o perde. **Fontinelle**

A mais sábia palavra não tem a santidade do silêncio. **Lope da Vega**

Sabendo sofrer, sofre-se menos. **Anatole France**

No mundo não há mais do que dois poderes: a espada e o talento. **Napoleão**

Muitas coisas aprendemos daqueles que nada sabem. **Chateaubriand**

As recordações são o único paraíso do qual não podemos ser expulsos. **P. Richter**

A prudência é tão necessária quanto a coragem. **Calderón**

Somos tão limitados que acreditamos sempre ter razão. **Goethe**

Os indecisos perdem metade da vida; os enérgicos duplicam-na. **P. Gerfau**

Se você quer um lugar ao sol, tem de sujeitar-se a algumas queimaduras. **Abigail Van Buren**

Ninguém pode mudar sua natureza, mas todos podem melhorá-la. **E. Von Feuchtersleben**

Onde quer que haja um coração humano sofrendo, o Cristo aí estabelece sua morada. **F. Mauriac**

O bem que se faz perfuma a alma. **Victor Hugo**

Nenhum caminho de flores conduz à glória. **La Fontaine**

Um instante de felicidade vale mais que mil anos de celebridade. **Voltaire**

Nenhum dever é mais importante que a gratidão. **Cícero**

O ser humano sempre correu atrás de tesouros. Tesouros fascinam, empolgam, ativam o cérebro, acionando a imaginação. Ser sábio é garimpar em busca do que é importante, fundamental: o ouro-tesouro-da-vida. **Roque S.**

Pés no chão, olhos no céu

Um dia pediram a Winston Churchill que fizesse o discurso oficial de importante solenidade. O notável líder político inglês respondeu: "Se querem um discurso longo, faço-o já. Se eu tiver apenas alguns minutos para falar, peço uma semana de preparação".

A qualidade de um discurso, de uma homilia, não depende de seu tamanho, de sua extensão. Em boa retórica, quilometragem nem sempre sinaliza inteligência, lucidez. Escrever um livro volumoso talvez seja mais fácil do que arquitetar um opúsculo de poucas páginas, denso de conteúdo e originalidade. É na síntese, na frase curta, no pensamento condensado que os talentos se revelam. Dizer muito em poucas linhas é a arte maior.

Hoje, enquanto arrumava minha bagagem para viajar, estive pensando nos milagres da síntese. Juntei papéis, livros, roupas. Ao ver tudo acomodado na mala, sorri satisfeito. Objetos dispersos, diferentes, agora reduzidos a alguns palmos de espaço bem aproveitado. Lembrei-me, então, das andanças da vida...

Há pessoas que conseguem organizar-se razoavelmente, administrando com equilíbrio idéias e sentimentos, sonhos, projetos e realizações. Fazem mais e melhor, porque disciplinados, serenos e orantes. Pés no chão e olhos no além, bebendo o infinito. Por outro lado, existem indivíduos inquietos, nervosos, internamente divididos, que lembram quarto desarrumado, sala em desordem, casa descuidada.

A vida não é monobloco, apenas família ou comunidade, trabalho profissional ou apostolado, somente descanso ou oração. Nossa agenda traz alternâncias, tarefas múltiplas, momentos diversificados, incumbências variadas.

Haverá um fio aglutinador, capaz de costurar o que é disperso, sucessivo, alternado e complementar em nosso rosário existencial? Sim, a busca da vontade do Pai, a prece, nosso *Oferecimento cotidiano*.

Senhor,
mais do que ninguém, soubeste interligar cada instante e cada gesto do teu existir, nas horas do Tabor e do Calvário, na luz e nas trevas, no Getsêmani da agonia e na manhã gloriosa da Páscoa.

Ensina-me esse difícil segredo, Senhor, de unificar trabalho e lazer, alegria e sofrimento, saúde e doença, vitória e desencantos, presente e futuro. O que sou, o que tenho, meu vir-a-ser.

E assim minha vida se fará ofertório de fé, de esperança, de generosidade, no altar do tempo, a caminho da eternidade.

PENSAMENTOS 11

O ideal será sempre o único sol que ilumina nossa vida. **G. Freitag**
As idéias são mais poderosas que os exércitos. **W. M. Paxton**
Aqueles que se vendem... não vale a pena comprá-los. **Andrieux**
O ignorante é ousado; o sábio é tímido. **Coelho Neto**
Todas as coisas mudam e nós mudamos com elas. **Bourbon**
O amor pede imortalidade. **Platão**
Quem conduz e arrasta o mundo não são as máquinas, mas as idéias. **Victor Hugo**
O pensamento é a maior força criadora da vida. **Are Waerland**
A grande arte de ser feliz reside na arte de bem viver. **Ducis**
Nada mais belo, na vida, que acender nas almas a luz da alegria. **G. Senseris**
Devemos ser um "aleluia" da cabeça aos pés. **Dom Guéranger**
Para abrir o coração alheio, é antes necessário abrir o próprio. **Quesnel**
Impossível ajudar a quem não admite conselhos. **Thomas Fuller**
Amor que muito se analise é amor que já morreu. **Ibsen**
Paciência e tempo conseguem mais que força e raiva. **La Fontaine**
Um coração que reza, canta e ama
   é incapaz de odiar;
   transforma tudo em ofertório,
   em hóstia sacrossanta,
   fazendo da vida um poema
   e do trabalho, um altar. **Roque S.**

O processo do amadurecer

Senhor, a obra de tua criação é um livro aberto. Nas páginas da natureza aprendo lições, diariamente. Somos todos casas inacabadas, edifícios em construção. Como plantas que crescem, a caminho da maturação. Só os sábios e humildes sabem aguardar com paciência, em humilde vigília, a festa da maturidade. Na expectativa do *vir-a-ser* reside nossa grandeza e a inefável aventura de existir. Santidade é um vir-a-ser. Progresso é um vir-a-ser. Ideal é um vir-a-ser. No esforço de quem não desiste. Num empenho sempre renovado, a cada novo amanhecer.

Senhor, as falhas de que a vida se tece são a prova de que não existem homens plenamente maduros, concluídos.

A gente luta e trabalha, reza e sonha, alongando os braços para a verdade, nossa verdade interior. Acertamos, errando. Erramos, acertan-

do. Ninguém chegou, de modo definitivo. Somos peregrinos em trânsito, sempre a caminho da maturidade.
Que eu saiba aceitar-me, Senhor. Por inteiro, com as luzes e as sombras, as qualidades, as limitações. E que não seja tão exigente com os outros.
Obrigado, Cristo Jesus, pela vontade que tenho de crescer, de acertar. E, se tudo sair diferente de meus sonhos perfeccionistas, que eu não desanime, Senhor. Com tua graça e tua bênção, recomeçarei sempre, humilde e perseverante. Sem nunca esmorecer, sem jamais desanimar.
É uma graça, Senhor, sentir-me incompleto, peregrino irrealizado. Ser gente, cristão e apóstolo é uma questão de tempo, processo em marcha no mistério do amadurecer.

É sempre no clima do esforço, da prece,
em silêncio, lentamente,
que o grande milagre acontece:
o milagre da maturidade
na arte de ser gente.

PENSAMENTOS 12

Sábio é quem sabe tomar uma decisão, encetar um caminho, iniciando cada novo dia com entusiasmo, coragem, otimismo e serenidade, tudo deixando nas mãos de Deus.

Viva cada momento de seu existir com esperança e dignidade. Pés na terra, olhos no céu.

Sorrindo e cantando, plante flores. A flor da alegria, da paz, do amor, da fraternidade, da gratidão.

Não fuja dos compromissos, das tarefas difíceis, e não tenha medo da cruz. As estrelas precisam da noite para irradiar seu brilho, sua intensidade.

Acolha com solicitude os tristes e desencantados da vida. Ninguém necessita tanto de um sorriso seu quanto aqueles que já não conseguem sorrir.

Só quem já conheceu o longo túnel da solidão, do desamparo, compreende o valor da partilha, o conforto de um ombro amigo nos percalços da caminhada.

Nunca vi sorrisos de alegria brotando da inimizade, do ódio, do ciúme, da inveja, da vingança, da incompreensão.

O desamor agride, levantando barreiras e muros. O bem-querer aproxima, construindo pontes, superando abismos e divisões.

Evite o pessimismo deletério dos que afirmam "não sou feliz, ninguém gosta de mim". A tristeza é a nossa própria pessoa, quando nos queixamos do mundo, da vida, dos outros, de Deus.

Às vezes é preciso morrer um pouco para que viva mais feliz a pessoa que amamos. Em certas oportunidades, só a renúncia nos liberta e engrandece.

A tristeza dos discípulos de Emaús floriu aleluias, quando reconheceram Cristo, ao partir do pão. Foi a hora do milagre, da grande revelação.

Trabalho e oração

Para que o mal triunfe, basta que os bons cruzem os braços, na covardia, na preguiça ou na omissão.

Agir com raiva ou despeito é derrota antecipada.

Por que estacionar ao pé da montanha, quando podemos morar em seus cumes, abrindo as asas do otimismo, cortando o espaço rumo ao infinito?

Às vezes julgamos muito e trabalhamos pouco, criticamos tudo e quase nada construímos. Somos ótimos juizes e péssimos obreiros.

Acione a bondade, sempre. E a felicidade virá, natural. Não exija o prêmio antes da vitória. Não reclame o salário antes de entrar em campo.

Ninguém atinge a aurora sem passar pela vigília das madrugadas. Todo parto é um trabalho, há sempre uma noite escura para cada amanhecer.

A sede perderia o sentido sem as fontes. O mundo terminaria enferrujado, se não existisse o trabalho.

Mil palavras não valem duas tarefas bem feitas, um gesto concreto de partilha e fraternidade.

Só depois de trabalhar muito, dei-me conta do que deixei de fazer, no Reino de Cristo.

Senhor,
divino operário,
nunca é tarde para recomeçar,
fazendo do tempo perdido, esbanjado,
ofertório, templo e altar,
nas horas de Calvário,
nos dias de Tabor.

Teu perdão é eterno, cotidiano,
mais profundo que o maior oceano,
porque redentoramente banhado
de misericórdia, bondade e amor.

PENSAMENTOS 13

A oração é uma terapia: infunde paz, serenidade, alegria
Rezar é uma questão de sobrevivência. Quem já não reza estiola, fenece, como a flor cortada da haste, como a árvore sem raízes.
Rezar é colocar o Infinito dentro de nosso finito. É espiritualizar o cotidiano, trazendo a eternidade para dentro do tempo.
Oração é comunicação: comigo mesmo, com os outros, com a vida, com Deus.
Entre a terra e o céu estende-se uma ponte: a oração. Felizes os que transitam por essa ponte invisível. A grandeza verdadeira se alimenta na prece.
Quando os homens não rezam, o mundo explode em guerras inúteis. Na luta pela vida, nada pacifica e conforta tanto quanto a oração.
Orar não é só falar, refletir ou cantar; é também abrir um espaço interno para captar a voz de Deus. Deus fala quando a gente cala. E cala quando a gente fala.
Rezar é essencialmente louvar, agradecer e ficar disponível, auscultando a vontade do Pai. Rezar é permitir que Deus atue em nós, por meio de seu Filho, Jesus Cristo.

Viver é esperar

Cada dia que amanhece vem carregado de sonhos e esperança. Viver é esperar. E esperar é viver.

Humilde e poderosa, benfeitora e insubstituível, a esperança impulsiona todos os empreendimentos humanos, alteando-se como mola mestra do progresso e segredo de todas as vitórias.

Como deve ser lancinante o pesado peregrinar no tempo sem esperança... se viver com esperança já é tão áspero, difícil e complicado!

Somos andarilhos em marcha, criaturas que buscam. Toda busca traz uma esperança. Na semente jogada no solo, no time que entra em campo, no curso que o estudante freqüenta, na cirurgia que se realiza, na prece que rezamos: em todos esses gestos, alguma esperança se esconde. Esperança de um bem que você almeja, de um sonho que você acalenta, de uma resposta que você procura, de uma solução que você persegue.

Sentimento universal, a esperança é um tema eterno da literatura, do cinema e das artes, que os poetas cantam, os artistas pintam, os escritores navegam e os místicos salmodiam. Tema eterno, porque o ser humano não apenas *vive de esperança*. O ser humano é esperança. Temos sede e nostalgia. Nostalgia de algo perdido. Sede de alguma coisa que procuramos: luz, segurança, aconchego, ternura, respeito, voto de confiança, rumos mais certos e ensolarados, felicidade, justiça, realização. A alegria existe. Cabe-nos descobri-la. A esperança cresce em todos os caminhos. Basta estender a mão para colhê-la, suavemente.

Senhor, Deus da bondade,
ajuda-me a equilibrar, com sabedoria,
os sonhos e a realidade,
a rotina, o sofrimento, a alegria,
as sombras e a claridade
que tecem o pano de meu dia-a-dia
de peregrino da Esperança,
a caminho da eternidade.
Que jamais me falte a fé, a perseverança,
nas horas de bonança,
nas noites de tempestade.

PENSAMENTOS 15

O trabalho tem a vantagem de encurtar os dias e prolongar a vida. **Diderot**
A superstição é a religião dos espíritos débeis. **Burke**
O silêncio é, depois da palavra, a segunda potência do mundo. **Lacordaire**
O silêncio é profundo como a eternidade, a palavra é superficial como o tempo. **Carlyle**
Ninguém chegou a ser sábio por acaso. **Sêneca**
A única coisa que sei é que nada sei. **Sócrates**
O que é belo não morre. Transforma-se em outra beleza. **Aldrich**
A fé compreende o que é invisível. **Bernardo**
O ciúme é o muro intermédio que separa o amor do ódio. **Commerson**
A paz começa onde a ambição termina. **Edward Young**
Os poetas são como os pássaros: a menor coisa os faz cantar. **Chateaubriand**
Ninguém é pobre quando ama. **Camilo C. Branco**
O poder, quando é orgulhoso, nunca pode sentir-se seguro. **Tácito**
As grandes recordações são irmãs das grandes esperanças. **Gabriel D'Annunzio**
Quem vive receoso nunca será livre. **Horácio**
A inveja, como o vento, açoita os cumes mais altos. **Virgílio**
Consoladora realidade,
   alegre constatação:
   no oceano da misericórdia divina,
   cada um de nós colhe bênçãos, luzes, felicidade,
   segundo a generosidade
   de seu coração.

Ter e ser

Somos chamados a uma tríplice vocação. Deus nos quer e deseja:
— gente-bem-gente,
— cristãos e
— apóstolos
Ontem, encontrei Beto, 6 anos de idade. Um garoto precoce.
— Quando você crescer, Beto, o que é que você pretende ser?
— Quero *ser eu*.
Magnífica e surpreendente resposta de uma criança. Por certo, o menino nem conseguiu medir o alcance e a profundidade de sua afirmação.
Para ter amigos é preciso ser amigo, primeiro.
Para ter confiança alheia é preciso antes ser fiel, confiante, leal.
Para ser árvore frondosa é preciso ter raízes, tronco, ramos e folhas... se o inverno ou a tempestade não os derrubou.

Para ser engenheiro, médico, sacerdote, advogado ou professor é preciso ter alguns estudos prévios.

Para ser cantor consagrado é preciso ter talento, voz, ouvido afinado e o respaldo da mídia, da publicidade.

Para ser escritor é preciso ter estilo, idéias, originalidade, algum recado a transmitir.

E para ser gente, cristão e apóstolo incansável? É preciso ter cabeça, corpo, alma, entusiasmo, motivação.

E para ser gente de verdade, dos pés à cabeça? O TER é secundário. Basta SER. Profundamente.

Senhor, nada de muito importante realizei, no dia de hoje.
Mas tentei ser gente,
De um jeito solidário, amigo, alegre, jovial.

PENSAMENTOS 16

Para ser feliz, três coisas precisa ter o homem: a bênção de Deus, bons livros e um amigo. **Lacordaire**

Não há uma estrada real para a felicidade, há muitos caminhos diferentes. **Pirandello**

A força mais forte de todas é um coração inocente. **Victor Hugo**

O ideal não se define: enxerga-se pelas clareiras que dão para o infinito. **Ruy Barbosa**

A humildade é o altar sobre o qual Deus quer que lhe ofereçamos nossos sacrifícios. **La Rochefoucauld**

As idéias governam o mundo. **Gustave Le Bon**

A solidão é a sala de audiência de Deus. **Savage Landor**

Se aproveitares bem o dia de hoje, dependerás menos do dia de amanhã. **Sêneca**

O prazer do trabalho aperfeiçoa a obra. **Aristóteles**

O que cultiva seu tempo não pensa em fazer o mal a ninguém. **Cícero**

Nunca nos podemos fatigar da vida: é de nós mesmos que nos fatigamos. **Sylvá**

O verdadeiro homem mede sua força quando se defronta com o obstáculo. **Saint-Exupéry**

Jesus amou as crianças, pois viu nelas a pureza. São todas belas e mansas, são flores da natureza. **Joamir Medeiros**

No surpreendente reino da fé e da esperança, o milagre é rotineiro, habitual; para descobri-lo e fazer acontecer, basta um pouco de coração e sensibilidade. Só o amor constrói para a eternidade. **Roque S.**

O Espírito Santo e eu

Eu, pedindo o batismo. Ele, o Jordão.
Eu, disperso e derramado. Ele, a grande unidade.
Eu, na terra. Ele, a meu lado.
Eu, o efêmero. Ele, o definitivo.
Eu, a palavra. Ele, a frase.
Eu, a harpa. Ele, a melodia.
Eu, a doença. Ele, o remédio.
Eu, o início. Ele, o fim.
Eu, os braços. Ele, a cruz.
Eu, no túmulo. Ele, a Páscoa.
Eu, sozinho. Ele, a Trindade.
Eu, medroso. Ele, o Pentecostes.
Eu, co-redentor de Cristo. Ele, completando a obra.

Eu, a vela. Ele, a chama.
Eu, a lenha. Ele, o fogo.
Eu, imperfeito. Ele, o santo.
Eu, o trabalho. Ele, a recompensa.
Eu, a língua. Ele, o dom.
Eu, a casa. Ele, o fundamento.
Eu, escrevendo. Ele, a inspiração.
Eu, o braço. Ele, o vento.
Eu, o nada. Ele, o tudo.
Eu, prisioneiro. ELE, A LIBERTAÇÃO.

PENSAMENTOS 17

Toda criança vem ao mundo com a mensagem de que Deus ainda não está desanimado com o homem. **R. Tagore**

Confia em ti primeiro e em ti... depois. **Campoamor**

O homem ocioso é como água parada: corrompe-se. **Látena**

É covardia calar, quando se faz necessário falar. **Salústio**

O amor não consiste em olhar um para o outro, mas em olhar juntos para a mesma direção. **Saint-Exupéry**

Quanto mais alguém se aproxima da perfeição, menos a exige dos outros. **Petit-Senn**

O sensato não procura vingar-se de seu inimigo: deixa esse cuidado à vida. **Courty**

O homem se agita, mas é Deus quem o dirige. **Fénélon**

Os golpes da adversidade são terrivelmente amargos, mas nunca estéreis. **Renan**

Quanto mais vazio está um coração, mais pesa. **Amiel-Lapeyere**

Nascemos cada dia para a vida que ainda nos resta a viver. **Charles Morgan**

A gratidão é a memória do coração. **J. B. Massieu**

Quem vive em paz vive mais tempo. **Baltasar Gracian**

Aquele que crê possuir todas as respostas certamente não se fez ainda todas as perguntas. **Provérbio oriental**

Senhor, que minha vida seja simples e reta como uma flauta silvestre, para que a enchas de música. **R. Tagore**

A vida é sempre um desprendimento e uma oferenda. **Ignacio Larrañaga**

Ser cristão é rezar trabalho e descanso, luz e trevas, vitórias e derrotas, saúde e doença, embebendo de eternidade as vinte e quatro horas de cada dia. **Roque S.**

O sonho da liberdade

SER LIVRE É SER ALEGRE.
AS DUAS COISAS MAIS LINDAS DO MUNDO.
E AS MAIS DIFÍCEIS TAMBÉM.

Segundo algumas estatísticas, mais da metade dos habitantes do globo perdeu o encanto de sorrir, de viver, pelos caminhos e descaminhos do cotidiano. Ecoando sua angústia, Manuel Bandeira chorou:

— *Em que esquina do passado perdi meu coração de criança?*

Quem perdeu a alegria de viver está enfermo, debilitado, precisando de médico, urgentemente. O sorriso é fundamental, insubstituível atributo humano.

Os céticos e pessimistas são criaturas mutiladas, seres amargos, trapos de gente.

Liberdade
é o nosso grande sonho,
o anseio maior de toda a humanidade.
O homem quer ser livre, a todo custo, a qualquer preço,
mas como somos ilógicos, incoerentes, meu Deus!
Queremos ser livres, aves aladas,
cortando o espaço, a imensidão,
e nas oficinas acanhadas
de nosso egoísmo malsão
confeccionamos, noite e dia,
as grades de nossa própria prisão.
Como somos incoerentes, meu Deus!
Reis da criação, donos do mundo,
dominamos a natureza,
mas caímos tão fundo
nos abismos da solidão.
Senhor, não quero ser prisioneiro
e não sei viver no porão.
Ajuda-me a desmantelar, por inteiro,
as grades da minha prisão.
Quero respirar, sobranceiro,
as montanhas da coerência
no país da libertação.

PENSAMENTOS 18

Eu, a água. Deus, a fonte.
Eu, o barco. Deus, o porto.
Eu, a sede. Deus, a taça.
Eu, inquieto. Deus, a paz.
Eu, a pergunta. Deus, a resposta.
Eu, a flecha. Deus, o arco.
Eu, o grito. Deus, o eco.
Eu, o abismo. Deus, a cumeada.
Eu, o som. Deus, o sino.
Eu, o prefácio. Deus, o livro.
Meu passado e meu presente, em suas mãos.
Meu futuro, todo dele.
Eu, a procura. Deus, o endereço.
Obrigado, Senhor,
    meu Cristo da Eucaristia,
    meu Cristo da Redenção.
Feliz, radiante, gratificado,
    celebro meu presente, meu futuro, meu passado,
    na liturgia da fé, do louvor, da gratidão.

Os que vencem na vida

Você quer ser gente, cristão e apóstolo, de verdade?
Tome nota, então. Decore e vivencie, pedindo ajuda ao coração, sob as bênçãos de Cristo e de Maria.
Três virtudes devemos cultivar: a verdade, o esforço e a perseverança.
Três colunas-mestras devemos preservar, manter de pé, a todo custo: a calma, o otimismo e a serenidade.
Três qualidades temos de preservar: o caráter, a nobreza e um cristalino coração de criança.
Três vampiros devemos expulsar de casa: o medo, a cobiça desenfreada e o rancor, sugadores de nosso sangue, de nossas melhores energias.
Em três fontes inesgotáveis precisamos beber: no verde da natureza, no azul do céu e na majestade indômita do mar.

Três legados preciosos nos cabe defender: a honra, a pátria e os amigos.

Três diamantes devemos burilar, com engenho e arte: o trabalho, a prece e o silêncio.

Três defeitos precisamos podar: a língua, a indisciplina e a maledicência.

Três flores devemos plantar nos canteiros do cotidiano: o bem, a justiça e a cordialidade.

Três ladrões-bandidos nos cabe eliminar, antes que nos aniquilem: o desânimo, o pessimismo e a covardia.

Três irmãs gêmeas devemos nutrir: a fé, a esperança e a caridade.

NB: Embrulhe tudo isso no papel dourado do Amor e reze assim a seu Cristo, o redentor:

Senhor,
Deus da bondade,
ajude-me a ser GENTE
e não um cristão-apóstolo pela metade!

PENSAMENTO 19

A fé não é uma estação aonde chegamos, mas uma maneira de viajar. **Margaret Lee Rimbek**

Para saber falar é preciso saber escutar. **Plutarco**

O medo é natural no homem prudente; saber vencê-lo é ser valente. **Alonso de Ercilla**

Você pode ser mais esperto que alguém, mas não mais esperto que todos. **La Rochefoucauld**

O êxito nunca é uma dádiva, e sim uma conquista. **Mardem**

O mundo sempre parece ameaçador e perigoso para os covardes. **Paulo Coelho**

A guerra é a aritmética dos loucos. **Afrânio Peixoto**

A queda é mais funesta aos que estão no alto. **Públio Siro**

Vale mais ler um ser humano que dez livros. **Sainte-Beuve**

O companheiro sábio é um irmão. **Homero**

Por mais longa e escura que seja a noite, o sol volta sempre a brilhar. **F. A. Fracasso**

Os poetas são homens que conservaram olhos de criança. **Alphonse Daudet**

O estudo alimenta a vida. **Cícero**

A família é a primeira escola das virtudes sociais de que a sociedade necessita. **João Paulo II**

Se um homem não sabe a que porto se dirige, nenhum vento lhe será favorável. **Sêneca**

Se fizeres planos para mil anos, escreve um livro. Para cem gerações, planta virtudes. **Da sabedoria chinesa**

Ser cristão é direcionar nossa vida para Deus, com alegria, fervor e generosidade. A paz profunda e verdadeira brota, exatamente, desse gesto de ser-em-Deus, de direcionar tudo para Deus, sem esquecer jamais nosso irmão de caminhada, no qual Jesus Cristo se esconde e se disfarça. **Roque S.**

Minha resposta de amor

Um dia, interroguei a mim mesmo, com toda sinceridade:
— Posso viver sem Deus?
Pensei, refleti e minha resposta foi tão séria quanto minha pergunta:
— Claro que sim...
Não existem, pelo mundo afora, legiões de homens que vivem sem Deus? Livre, posso deixar de rezar, viver como um ateu, sempre que assim o decidir. Tremendo mistério da liberdade humana! Do homem livre, a quem o próprio Deus respeita e não força jamais.
Deus é gratuidade, nada muda, nada se modifica na essência de Deus se os homens o rejeitam, se a criatura lhe vira as costas. Seu amor para conosco é generoso, gratuito, ilimitado.
O Verbo se fez homem e habitou entre nós porque nos amava, porque nos queria salvar. Seu nascimento foi um gesto de amor. De amor

autêntico, de amor desinteressado. Generosidade total, levada às últimas
conseqüências, no alto do Calvário.

*Na sociedade hodierna, Senhor, tudo é calculado,
medido, pago e remunerado.
E a gratuidade agoniza em balão de oxigênio.
Quem manda e desmanda são os computadores,
a ciência, o dinheiro, a tecnologia...
E o dom sagrado da paz, da alegria
vem sendo asfixiado, impiedosamente.
Se eu fosse apenas número,
parafuso de máquina, cartão eletrônico perfurado,
talvez me adaptasse ao materialismo hodierno.
Mas tenho alma, Senhor,
sou redimido, eterno,
e preciso de carinho, ternura, do calor
humano e espiritual para sobreviver com dignidade.
No pleno uso de minha liberdade,
quero fazer de minha vida uma resposta de amor
ao amor pleno e misericordioso que me dedicas, Senhor.
No ofertório da fé, da gratuidade,
coloco meu futuro, meu presente, meu passado.
Cristo Jesus, muito obrigado:
podendo voltar-te as costas, quero ficar ao teu lado,
hoje, amanhã e sempre. Feliz, gratificado.*

PENSAMENTOS 20

Todas as manhãs devemos nos perguntar: o que posso fazer hoje pelos outros? **Mme. de Maintenon**

Uma vida dedicada ao bem do próximo é sempre feliz. **Braddon**

Estou certo de que a caridade terá um dia preponderância sobre o egoísmo, a violência e o dinheiro. **Raoul de Foullereau**

Quem pergunta com má intenção não merece ouvir a verdade. **Ambrósio**

O homem não é apenas o lobo do homem, mas o lobo de si mesmo. **José N. de Oliveira**

Se fizeres mal a uma pessoa de quem não gostas, conseguirás detestá-la cada vez mais; ao contrário, se lhe prestares um favor, começarás a amá-la. **Fulton Sheen**

Se queres que eles se odeiem, joga-lhes grãos; se queres que se amem, faze que construam juntos uma torre. **Saint-Exupéry**

Muitas vezes nos arrependemos de ter falado, e nunca de ter calado. **Simônides**

Não há espelho que melhor reflita a imagem do homem que suas palavras. **Luís Vives**

A paz faz crescer as coisas pequenas, a discórdia destrói as grandes. **Salústio**

Observa, escuta, cala. Julga pouco e pergunta muito. **Arthur G. Von Platen**

Não importa saber onde nasceste, mas o que és. **Cícero**

Se não se pode falar bem de uma pessoa, é melhor que não se diga nada. **Turnbull**

Quando sentires que és um com Deus, sentirás que és um com todas as criaturas. **Pensamento hindu**

A mais profunda realização humana brota da alegria de servir, de acolher. Faça essa experiência gratificante e sua vida ganhará novo sentido, ressonâncias de eternidade. **Roque S.**

Pedras e catedrais

O episódio é por demais conhecido. E citado sempre como exemplo de motivação no trabalho.
Três operários partiam pedras, laboriosamente. Um transeunte passou e perguntou-lhes o que faziam:
— Ora, o senhor não está vendo? Quebro pedras, nesta rotina chata e diária.
— A gente está preparando material para uma construção, nem sei de quê... Estou garantindo meu salário, o que é o mais importante.
E o terceiro operário sorriu com orgulho e convicção, levantando a cabeça:
— *Construo uma catedral!*

Senhor, tenho duas mão sadias,
símbolos de trabalho, de criatividade

*e dos talentos que devo acionar
para fugir da ociosidade,
do comodismo, da omissão.
Descobri que elas não bastam
para construir o edifício de minha felicidade.
Empresta-me tuas mãos, Senhor.
Sozinho sou pobre, limitado.
Sozinho não sou ninguém.
Trabalhando juntos, a quatro mãos,
tudo será mais fácil, duradouro, iluminado.
Sozinho, egoísta, isolado,
ficarei apenas ciscando ou quebrando pedras,
desperdiçando material.
Abençoa-me, Senhor,
pelas estradas da vida, do mundo.
Eu quero empenhar-me a fundo
na engenharia da felicidade existencial,
na construção de minha catedral.*

PENSAMENTOS 21

O mais forte é o que sabe dominar-se na hora da cólera. **Maomé**

O amor faz Cristo correr para nós e nos faz correr para Cristo. Quem ama sempre corre e apressa o passo. **Roger Etchegaray**

Os erros são proveitosos quando nos educam. **Antero de Figueiredo**

Nunca somos tão felizes ou tão infelizes quanto imaginamos. **La Rochefoucauld**

Não há pessoas mais vazias do que as que vivem cheias de si. **Benjamin Whichcote**

O orgulho divide o homem, a humildade o une. **Henri Lacordaire**

Expulsai os preconceitos pela porta; tornarão a entrar pela janela. **Frederico, o Grande**

Compreendemos mal o mundo e depois dizemos que ele nos decepciona. **R. Tagore**

Quando todos pensam da mesma maneira, ninguém pensa grande coisa. **Walter Lippman**

O otimista não tem uma vida melhor que o pessimista, mas é mais alegre. **Charlie Rivel**

Aqueles que amamos nunca morrem, apenas partem antes de nós. **A. Nervo**

As flores chegam até a perfumar a mão que as esmaga. **V. Ghilka**

Quem possui a faculdade de perceber a beleza nunca envelhece. **F. Kafka**

Hoje é o amanhã que tanto nos preocupava. **Provérbio popular**

Senhor, a quem iríamos? Só tu tens palavra de vida eterna. **João 6,68**

Não há sentido em orar pela manhã, como um santo, e viver como um bárbaro o resto do dia. **Alexis Carrel**

A existência
 é um tesouro, uma oportunidade.
 Feliz quem a leva e conduz
 com clarividência,
 fé, amor e jovialidade,
 sob as bênçãos do Cristo Jesus. **Roque S.**

Que rei seguimos?

O poderoso sultão, com *status* de príncipe, de rei, viajava pelo deserto, escoltado por grande caravana que transportava pesado carregamento de ouro, diamantes e pedras preciosas. De repente, um camelo fraquejou e caiu, exausto, alquebrado. Rompeu-se em dois pedaços a urna que carregava em seu dorso. Ouro, jóias e diamantes esparramaram-se pelas areias calcinadas. Percebendo ser impossível recolher tudo aquilo, o monarca avisou:

— *Peguem tudo para vocês...*

Ávidos, olhos brilhando de felicidade, os servos reais jogaram-se para catar as preciosidades.

Um pouco triste e abatido, o príncipe seguiu em frente pelo deserto. Ao escutar os passos de alguém que o seguia, voltou os olhos. E viu um pajem ofegante, suado, a poucos metros.

— E você... não ficou lá para apanhar alguma coisa?
Convicto e feliz, o homem sorriu:
— *Eu sigo meu rei.*
Dinheiro e poder comandam o mundo hoje. Quem tem dinheiro atrai o poder. Quem é poderoso chama e conquista dólares, fortunas. No ano 2015, avisam as estatísticas, 75% da população do planeta estará vivendo no Terceiro Mundo. E apenas 25%... no Primeiro Mundo. As grandes rendas continuarão a ser privilégio dos mais ricos, da tecnologia avançada. E a fatia maior da humanidade, por conta dos mais pobres, famintos e necessitados.

Senhor,
o mundo que nos rodeia,
injusto, materialista e opressor,
não é o mundo que Deus Pai sonhou,
nos longes da eternidade,
na manhã da criação.
Um milênio melhor,
mais solidário,
mais justo e mais cristão
pode e deve tornar-se realidade.
Um século com menos Calvário
e mais alegrias-Tabor.
Que eu seja, Senhor,
um humilde e generoso tijolinho
neste mundo em construção.

PENSAMENTOS 22

Cabe-nos agir e frutificar, lá onde estamos plantados. Cada qual fazendo um pouco, tudo melhora. Espontaneamente.

A mais profunda realização humana brota da partilha fraterna, da alegria de servir.

Não diga aos outros o que você é capaz de realizar. Demonstre-o em gestos concretos.

Deus criou o mundo e convida-nos a completá-lo, dia após dia.

Desistir e capitular tem gosto amargo, frustrante. Arregaçar as mangas e suar a camisa leva ao país da felicidade.

Morremos no exato momento em deixamos de aprender, de dar-nos as mãos, permutando vida, tempo, solidariedade.

Pensamento positivo e ação decidida realizam verdadeiros milagres de conversão.

Santidade é um ideal, uma abertura para o infinito: esforço, conquista e trabalho.

Qualquer ascensão reclama coragem, labuta, perseverança, despojamento, sacrifício. Em outras palavras: trabalho e ação.

Nos largos oceanos, somos uma pequena gota. No vasto universo, um minúsculo ser. Mas na vastidão do amor de Deus ocupamos o centro. E ele quer precisar de nós, na obra inacabada da redenção.

É belo juntar as mãos em prece. Mais lindo ainda é abri-las na caridade, no trabalho, na ação.

Tempo é uma questão de preferência...
Se você não encontra tempo para Deus, para a oração, examine bem a sua consciência: talvez lhe falte entusiasmo, motivação.

Auxiliares de Cristo

Nos bancos escolares da sociedade de consumo, do onipresente neoliberalismo, meia humanidade aprende apenas banalidades, a ciência do efêmero. E depois se queixa do coração vazio, do tédio que toma conta de tudo...

Marshal McLuhan, belga-americano, famoso teórico da mídia, lançou *a teoria da extensão,* hoje universalmente aceita.

A casa onde habitamos — dizia ele — é extensão de nossa pele, porque nos protege e aquece.

O automóvel, o ônibus, o trem, o avião: extensões espontâneas dos pés humanos, agilizadores de nossa locomoção.

Transpondo esta simpática teoria para o campo da espiritualidade, chegamos a uma comovente realidade teologal: Cristo Jesus, em sua essência trinitária, é a extensão do amor do Pai e do divino Espírito Santo na terra dos homens. Deus visível, na trajetória milenar dos tempos.

Finda sua missão, na Palestina, o Mestre retornou ao Pai. E deixou-nos em seu lugar para continuar, com entusiasmo e determinação, a obra inacabada da redenção. Fazemos parte da equipe divina. Deus quer precisar de nossa generosidade, de nossa colaboração.

Graça imensa, privilégio sagrado ao qual deveríamos agradecer de joelhos, a vida inteira, cantando salmos de alegria, de gratidão imorredoura.

Fracos, pecadores, limitados,
tão necessitados
de auxílio e redenção,
pedes nossa ajuda, Senhor.
Somos teus braços, tuas mãos
para abençoar e distribuir o bem,
sem nunca olhar a quem,
apontando caminhos,
socorrendo os mais necessitados.
Dentro de casa, no local de trabalho,
em nossa paróquia e na comunidade.
Somos auxiliares e extensão
de tua misericórdia, de teu Coração:
plenitude, caminho, vida e verdade
fortificando nossa fragilidade,
iluminando nossa humana limitação.

PENSAMENTOS 23

O mais belo patrimônio é um nome reverenciado. **Victor Hugo**
Se estás ocioso, não fiques sozinho. Se estás sozinho, não fiques ocioso. **J. Johnson**
A melhor parte das nossas vidas pode ser encontrada nos corações dos que nos amam. **Jacinto Miquelarena**
Ao faminto pertence o pão que reservas. **Basílio**
Ajuda teu irmão a carregar o fardo. Não o carregues, porém, em seu lugar. **Pitágoras**
Sonho com o dia em que a justiça correrá como água e a retidão, como um caudaloso rio. **Martin Luther King**
Não há amor sem coragem e não há coragem sem amor. **Rollo May**
Quem não quer bem a si mesmo não há de querer bem aos outros. **A. Kner**
Um sorriso custa bem menos que a eletricidade e dá mais claridade. **Pe. Pierre**
A vingança nos torna iguais ao inimigo, o perdão faz-nos superiores a ele. **F. Bacon**
Compreendi que não bastava denunciar a injustiça. Era preciso dar a vida para combatê-la. **Albert Camus**
A beleza não está nas coisas, mas na alma. **M. del Picchia**
Quem salvará o mundo? Aqueles que ainda acreditam, trabalham e lutam, sem depor a esperança. Pense alegre, meu irmão. Viva alegre, minha irmã. Um sorriso jovial nos rejuvenesce, banhando de sol os caminhos de cada dia. Um pouco de bom humor transforma e redime nossa casa-existência. **Roque S.**

Ser jovem

Ser jovem. Quem não gosta de permanecer jovem?
 Ser jovem é amar a vida, cantar a vida, abraçar a vida, perdoando até as pedras que a vida nos joga no rosto.
 Ser jovem é ter altos e baixos, entusiasmos e desalentos. É vibrar com os momentos bons e passar por cima do que nos machucam, com um sorriso fácil que apaga os percalços.
 Ser jovem é apiedar-se dos mais fracos, não ter vergonha de fazer o sinal-da-cruz em público, cantarolar uma canção em pleno ônibus. E apreciar uma piada gostosa.
 Ser jovem é escrever um diário, às vezes. Copiar poesias de amor e remetê-las ao namorado, à namorada, com a própria assinatura.
 Ser jovem é estar aberto ao novo, respeitando o imutável, o perene dos séculos anteriores.

Ser jovem é compadecer-se de quem sofre, com uma vontade imensa de fazer o milagre da cura, de restituir a saúde àqueles que a gente estima e ama.

Ser jovem é beber um lindo pôr-de-sol, ar livre e noites estreladas. Não se intrometer na vida alheia, fazer silêncios impossíveis, ficar do lado das crianças, gostar de leitura, ter ódio de guerra e de ser manipulado.

Ser jovem é ter os olhos molhados de esperança e adormecer com problemas, na certeza de que a solução madrugará no dia seguinte.

Ser jovem é amar a simplicidade, o vento, o perfume das flores, o canto dos pássaros. Ter alergia ao dramático, ao solene. E duvidar das palavras.

Ser jovem é olhar a vida de frente,
bem nos olhos, com infinita confiança,
saudando cada novo dia como presente de Deus,
o Deus de nossa esperança.

PENSAMENTOS 24

O homem comum é exigente com os outros: o homem superior é exigente consigo mesmo. **Marco Aurélio**

Eis aqui a minha experiência: aquilo que sou, devo-o aos outros. **Cardeal Marty**

O homem que teme sofrer já está sofrendo pelo que teme. **Michel de Montaigne**

Os sentimentos e os costumes, que são a base da felicidade pública, formam-se no lar e na escola. **Mirabeau**

Os melhores reformistas do mundo são os que começam por reformar-se. **Voltaire**

Mais glorioso do que vencer é usar com moderação a vitória. **Plutarco**

A televisão é a maravilha da ciência a serviço da imbecilidade. **Barão de Itararé**

O vento apaga a vela, mas reanima a chama. **La Rochefoucauld**

Quando você aponta uma estrela para um imbecil, ele olha para a ponta de seu dedo. **Mao Tsé-Tung**

O homem mais feliz, rei ou camponês, é o que encontrou a paz em seu lar. **Goethe**

A fome, e não o pecado, gera o crime moderno. **Oscar Wilde**

O primeiro passo para o bem é não fazer o mal. **J.-J. Rousseau**

Se queres que te poupem, poupa os outros também. **La Fontaine**

Ninguém caminha para o futuro olhando para trás. **J. Herfersheimer**

A juventude não é uma época da vida, é um estado de espírito. **S. Ullman**

Deus criou o mundo, mas os homens o complementam. **Péguy**

A caridade é o princípio e o fim da perfeição. **Santa Teresinha**

Apanham-se mais moscas com uma colher de mel do que com um barril de fel. **Francisco de Sales**

A Bíblia não é apenas a palavra de Deus, que a tradição cristã nos legou; é o próprio Cristo, vivo e palpitante, dentro de nossa casa, dentro de nossa vida. **Roque S.**

Senhor, que eu veja

Já operado de catarata do olho direito, Zé Eduardo, 42 anos, desconfiou seriamente que estava por vir uma nova catarata. Sua visão piorava, dia após dia, especialmente quando o sol se punha, no entardecer. Preocupado ao extremo, consultou seu oftalmologista:
— Doutor, vejo tudo opaco, cinzento, nublado.
Exame ocular realizado, o veredicto médico veio lacônico:
— Seu único problema são os óculos, meu filho. As lentes estão escandalosamente encardidas de sujeira.
Água escorrendo na pia do consultório, o médico deu um banho nas lentes, enxugando-as depois vagarosamente.
— Seu problema está resolvido, garoto descuidado. Nem vou cobrar-lhe a consulta, esta vez...

Radiante, Zé Eduardo abraçou seu oftalmologista. E ganhou a rua, cantando "glória, glória, aleluia". A luz voltara a seu olhos, no milagre de um pouco de água e sabão...

Na verdade, a vida tem a cor de nossos olhos e o sabor de nossos valores internos. Os céticos e pessimistas são míopes, vêem tudo embaçado, necessitados de um urgente banho purificador nas águas do Lago de Genesaré da Palestina, o lago de Jesus.

Machado de Assis, escritor brasileiro, desabafava amargurado:
— Não tive filhos. Não deixo a ninguém o triste legado da miséria humana.
— Desejaria viver quatro séculos. Não que eu tenha medo da morte, mas porque *amo a vida* — repetia sempre Karl Rahner, teólogo e pensador alemão.

Amar ou não amar faz a grande diferença. Vale a pena rezar diariamente:

Senhor, clareia minha visão para eu ver mais longe, mais fundo e melhor, sem apegar-me às coisas que passam e se desfazem ao sopro do vento.

Empresta-me teus olhos, teu coração, para ver tudo não com os óculos do tempo, mas com as lentes do Evangelho, da eternidade.

Quem oferta seu dia-a-dia
tem um novo brilho no olhar,
e tudo se faz ofertório, altar,
sob as bênçãos de Cristo e Maria.

PENSAMENTOS 25

Se várias tarefas nos esperam e desafiam, comecemos pelas mais difíceis. E tudo será mais fácil, depois.

Pense e medite para acertar. Cale, humildemente, para resistir e não capitular. E reze, confiante, para continuar a sorrir.

Trabalhe laboriosamente, como se tudo dependesse de você. Confie, como se tudo dependesse de Deus.

Apóstolo que não mergulha nas águas do silêncio orante nem deveria adentrar o campo da atividade apostólica, pastoral.

Conselho de amigo: trabalhe *hoje*, como você gostaria de trabalhar *sempre*, se soubesse que iria morrer *amanhã*.

Caçador ambicioso, só queria abater onças, tigres, leões. Até o momento, não disparou um único cartucho de sua espingarda ociosa.

Ele sonhava apenas realizar grandes coisas, negligenciando as pequenas. E um sabor amargo queimava seus lábios, sua vida de mãos vazias, terrivelmente vazias.

Sem um espírito profundo
de oração, sem mãos em prece,
os homens entortam o mundo
e a paz não acontece.

Obrigado, Senhor

Naquela tarde de nostalgia,
arregacei as mangas do tempo
e senti o calor dos corações amigos
que entraram em minha vida,
plantando paz e alegria.
Não pude reter as lágrimas
rolando de meus olhos,
no final daquele dia.
Eram lágrimas de gratidão.
E eu soube dizer, apenas,
no silêncio da oração:
Obrigado, meu Cristo-amigo,
por todos os amigos-*amigos*

que levo no coração!
Eles são uma continuidade,
uma simples e maravilhosa extensão,
de tua amizade
para comigo,
no mistério da Redenção!
Como fundo musical de minha prece
eu absorvia, de alma contente,
a mensagem desta canção:
*Graças dou por esta vida,
pelo bem que revelou.
Graças dou pelo futuro
e por tudo o que passou...
Pelas bênçãos derramadas,
pela dor, pela aflição.
Pelas graças reveladas,
graças dou pelo perdão.
Graças pelo azul celeste
e por nuvens que há também.
Pelas rosas do caminho
e os espinhos que elas têm.
Pela escuridão da noite,
pela estrela que brilhou.
Pela prece respondida
e a esperança que falhou.
Pela cruz e o sofrimento
e também ressurreição.
Pelo amor, que é sem medida,
pela paz no coração.
Pela lágrima vertida,
e o consolo, que é sem par.
Pelo dom da eterna vida
sempre graças hei de dar.*

PENSAMENTOS 26

O que mais falta à nossa geração é o silêncio. **Elizabeth Leseur**
Deus te deu duas orelhas e uma língua para que ouças mais do que fales. **Bernardo**
Chegamos mais perto da grandeza quando somos grandes na humildade. **R. Tagore**
O otimismo não melhora as coisas. Mas o pessimismo piora todas elas. Sejamos, pois, otimistas. **Joelmir Betting**
Errar é próprio dos homens, mas perseverar no erro é coisa de tolos. **Cícero**
Almoça pouco e janta menos, porque a saúde do corpo se debilita na oficina do estômago. **Miguel de Cervantes**
O milagre é o filho predileto da fé. **J. W. Goethe**
Há situações na vida em que, para se sair bem, é preciso ser um pouco louco. **La Rochefoucauld**
Com ordem e tempo se encontra o segredo de fazer tudo, e fazê-lo bem. **Pitágoras**
Seja capaz de estar só. Não perca as vantagens da solidão. **Thomas Browne**
O remorso é a única dor da alma que nem o tempo nem a reflexão confortam. **Madame de Staël**
A ociosidade é o feriado dos tolos. **Chesterfield**
Nunca é perdido o tempo dedicado ao trabalho. **Ralph W. Emerson**
Vivem somente os que lutam. **Victor Hugo**
Quem não ama a vida não a merece. **Leonardo da Vinci**
Na arte de ser gente e triunfar,
  cada passo e cada instante
  têm imenso valor.
  Mas só termina triunfante
  quem persevera na fé,
  na esperança e no Amor,
  fazendo da vida uma prece
  e do trabalho um altar. **Roque S.**

Senhor, eu preciso

Aprender a ficar na escuta para captar as mensagens que me envias, a cada instante, nas linhas e entrelinhas do cotidiano.

Acreditar que necessitas de mim para continuar tua obra redentora entre os homens. Necessitas de minhas mãos, plantando bondade; de meus pés, seguindo ao encalço dos necessitados; de meus talentos, frutificando realizações; de meu coração, desbordando generosidade e pulsando uníssono com o teu.

De sensibilidade, para descobrir a vontade do Pai a meu respeito. Eu quero, eu preciso sintonizar minha vontade humana com a vontade divina.

De generosidade para agir como instrumento humilde que o Pai maneja. Apenas instrumento. Nada mais.

De uma grande vivência interna para não construir meu pequeno reino pessoal, mas teu reino, Senhor.

Ser gente primeiro, para ser santo depois. A graça supõe a natureza, nossa colaboração humana.

De um coração serviçal, aberto e disponível para assumir o papel redentor que me traçaste, desde toda a eternidade.

Acima de tudo, divino Mestre, de *muita fé*, de uma *grande esperança* e de um *amor generoso, incansável*, que envolva todo o meu existir peregrino. A fé que ilumina. A esperança que é luz e conforto. E o amor difundindo-se por tudo, nas horas do Calvário, nas horas do Tabor.

Obrigado, Senhor, pelo dom da minha vida que eu quero valorizar fazendo o bem... sem olhar a quem.

PENSAMENTOS 27

O trabalho mais produtivo é aquele que sai das mãos de uma pessoa alegre. **Victor Pauchet**

Antes perder a vida que a esperança. **Quintiliano**

Os homens, quando ensinam, aprendem. **Sêneca**

A eternidade é um dia sem ontem nem amanhã. **Massias**

Acima de qualquer estudo, escolhamos o estudo de nós mesmos. **Ambrósio**

O exemplo é o melhor dos sermões. **Bernardo**

Nunca me arrependi do que não disse. **Dom Francisco de Melo**

Nada contribui tanto para a felicidade quanto trocar preocupações por ocupações. **Maeterlinck**

Se o dinheiro é tudo o que possuo, não possuo nada. **Phil Bosmans**

Onde quer que te encontres, não pares. Temos de ir de uma luz em direção a outra. **Ângelo Silésio**

Ensine bem cedo a seus filhos que o pão dos homens é feito para ser dividido. **P. Carré**

A beleza passa, a bondade fica. **Lacordaire**

Maior que a tristeza de não haver vencido é a vergonha de não haver lutado. **Rui Barbosa**

É preciso captar a vida no que ela tem de mais profundo: o desejo de Deus. **Waldemar Martins**

Deus fala quando a gente cala. Só entende os mistérios de Deus quem silencia e se ajoelha no genuflexório da prece, do mistério, da reflexão. **Roque S.**

Confiança filial

Altas horas da noite, brutal incêndio envolveu uma residência de dois andares. Em estado de pânico, os familiares tentaram, às pressas, salvar o que era possível.

Quando as labaredas já envolviam totalmente as casas, deram pela falta do filho caçula, de 5 anos. Brados de socorro misturavam-se às densas espirais de fumaça. Era Joãozinho, retido no segundo andar do sobrado. Uma criança indefesa, perdida, desesperada dentro de casa. Sua casa em chamas.

E o grito do pai ecoou do lado de fora:

— Jogue-se aí de cima, meu filho. Sem medo nenhum.

— Mas eu não vejo nada e ninguém, papai...

— Mas eu vejo você, meu filho. É o que basta...

Confiante, Joãozinho jogou-se no escuro. E caiu nos braços do pai, são e salvo.

Temos medo, Senhor. De tantas coisas. De tudo. Até de nós mesmos, da própria sombra. E de nos jogar, de corpo e alma, tranqüilos e confiantes, filiais e pacificados, nos braços do Pai.

Talvez nos julgássemos mais felizes, gratificados, se não carregássemos conflitos a bordo, retaliações íntimas, cruzes nos ombros. Somente luz, sem treva alguma.

Acreditar em tua força, Senhor, é administrar os fardos difíceis, as incertezas e dúvidas, a instabilidade e as interrogações, com serenidade, sem revolta. A crise é graça também, porque nos desinstala e desacomoda, pedindo coragem, criatividade, perseverança, oração.

* * * * * * * *

A fé é um salto no escuro para os braços de Deus. Quem não tem fé não salta, nem é abraçado. Fica apenas no escuro.

PENSAMENTOS 28

Por meio de meu trabalho, glorifico a Deus, completando humildemente sua obra criadora.

Mais importante que a vitória são a dedicação e o empenho que infundimos em nossas tarefas.

Preguiça é a inglória arte de descansar antes de estar cansado.

O covarde, que foge dos problemas e dos encargos difíceis, é um indivíduo que pensa com os pés.

Depois de uma jornada laboriosa, Cristo falou aos apóstolos: "Vinde e descansai um pouco". O descanso não é luxo, mas necessidade vital.

Agitar-se e correr talvez seja mais fácil que mergulhar no silêncio.

Sem a oração que abastece e fortifica, não existe crescimento espiritual.

Você não é responsável pelo mundo inteiro. Mas, perante Deus e o mundo, somos responsáveis por nós mesmos.

De insignificantes gotas de água nascem as fontes, os riachos, os rios e os oceanos. Do trabalho comunitário nasce o progresso da nação.

Cada um é como Deus o fez. Não raro, pioramos a obra, com nossa insensatez.

"Reze e trabalhe", recomendavam os antigos mestres. Rezar nossos trabalhos, e não apenas executá-los, é a sabedoria maior.

Quando tudo desmoronou à nossa volta, resta-nos sempre um caminho: recomeçar com entusiasmo, coragem e determinação.

Quando anoitece

O momento é de paz, de silêncio, de interiorização. Desligado de tudo, só escuto o fundo musical que envolve a noite, suave, misteriosa.

Feliz, concentrado, bem à vontade, mergulho nas águas da quietude, buscando o que de mais sagrado existe dentro de mim.

No silêncio da noite, me encontro, analiso e redimensiono. Calmamente, porque as noites nunca têm pressa. Revendo caminhos andados, resgato elos perdidos, sonhos realizados, esperanças falidas.

É bom demais cerrar os olhos, descansar a mente, sabendo que o amanhã traz novas promessas, sorrindo esperanças, horizontes bem amplos.

Senhor, sinto que estás nas noites que me revelam teus desígnios de amor, bondade e misericórdia. O silêncio, que me envolve e pacifica, é tua voz que fala, orienta. A paz que desfruto traz o carimbo inconfundível do além.

Ao contemplar a lua andando no firmamento, vejo-a como assinatura divina cravada nas nuvens mutantes. As noites estreladas me transmitem a sensação de bem-estar e felicidade indescritíveis, iluminando todo o meu ser. Fico até sem vontade de me recolher, intuindo que dormir é perder tempo e momentos de poesia.

Senhor, eu amo as noites, dentro das quais me sinto vivo, inteiro, reconciliado, transbordando alegria pascal.

Fica comigo, Senhor, no descambar de mais uma jornada. E juntos, amanhã, após um bom descanso, um novo dia iniciaremos. Com tua graça e bênção, tentarei fazer o bem, sem olhar a quem, levando braçadas de benemerências, ternura e bondade a todos aqueles que encontrar em meu itinerário.

Boa noite, Cristo Jesus. Valeu a gente conversar descontraidamente, de amigo para amigo, sem urgência, sem atropelos, esquecendo o relógio, recolhendo ressonâncias de eternidade nos recessos do coração.

PENSAMENTOS 29

Tua fraqueza pertence ao Senhor, Os outros esperam tua alegria. **Francisco de Assis**
É mais fácil falar que saber calar, ficar em silêncio. **Capacelli**
Na adversidade, o homem encontra sua salvação na esperança. **Menandro**
Vencer e perdoar é duas vezes vencer. **Calderón**
A calúnia e a injúria são as armas prediletas dos ignorantes. **Georges Sand**
A humildade é nosso sentimento de pequenez diante de Deus. **Vauvenargues**
Não sacrifiques nunca a honra para adquirir "honras". **De Bugny**
Os ideais são o traje de gala da alma. **H.G. Wells**
Sempre mais alto devo subir, sempre mais alto devo olhar. **J. W. Goethe**
O passado é o maior profeta do futuro. **Byron**
Quando meu amigo está infeliz, vou a seu encontro; quando está feliz, eu o espero. **Amiel**
Mais vale lançar uma nova sementeira do que chorar a que se perdeu. **A. Casanova**
A paz interior é luz que reveste as pessoas. **R. Alonso**
A gente vive escravizado ao tempo. Caminha na vida assombrado pelo relógio. **Érico Veríssimo**
Torna-se leve a carga que se sabe levar bem. **Ovídio**
Todo homem trabalhador tem sempre uma oportunidade. **H. Hubbert**
Você já reparou como é gratificante viver com pessoas alegres e joviais, que irradiam paz, segurança, harmonia e bom humor? Deixe a luz do céu entrar em seu lar, em sua vida. E você será um ser iluminado, querido, benfeitor. **Roque S.**

Prece de gratidão

Senhor,
em tua escola eterna de comunicação,
quero aprender a comunicar-me melhor,
buscando eficiência, enraizada na humildade.

Planta em meu coração a semente do amor para que meu apostolado floresça searas ricas e abundantes.

Tira de mim a tristeza, mas não a entregues a ninguém. Ela é péssima companheira, em qualquer momento.

Dá-me esperança, uma esperança de vinte e quatro horas, dia após dia.

Apaga de minha alma, de meu espírito, as rugas do ódio e do rancor, que nos envelhecem prematuramente.

Sereno, que eu saiba reconhecer meus defeitos, procurando podá-los, pacientemente. E venda meus olhos para que eu não comente e amplie os defeitos alheios.

Dá-me a coragem e a força de saber perdoar e afasta de mim qualquer rompante de vingança, despeito e desamor.
Que eu seja tolerante, sem covardia. Perseverante, sem presunção. Ativo, sem orgulho.
E, acima de tudo, Senhor, que eu seja justo, compreensivo, leal, otimista, acolhedor. Um homem de fé e de oração. Pés plantados na terra, no chão da realidade. Mas sempre embebendo meus olhos no além.
E o mais virá de acréscimo, com tua graça, com teu amor.
Por tudo isso, muito obrigado, Senhor.

Edições Loyola

Editoração, Impressão e Acabamento
Rua 1822, n. 347 • Ipiranga
04216-000 SÃO PAULO, SP
Tel.: (0**11) 6914-1922